Pharaon à l'horizon

Helaine Becker

Illustrations de
Sampar

Texte français de
Claude Cossette

Éditions Scholastic

Catalogage avant publication de Bibliothèque et Archives Canada
Becker, Helaine, 1961-
[Egyptian slam dunk. Français]
Pharaon à l'horizon / Helaine Becker; illustrations de Sampar;
texte français de Claude Cossette.
(Les Étoiles de Baie-des-Coucous; 6)
Traduction de : Egyptian slam dunk.
Public cible : Pour les jeunes.
ISBN 978-0-545-99734-8

I. Sampar II. Cossette, Claude III. Titre. IV. Titre : Egyptian slam dunk.

Français. V. Collection : Becker, Helaine, 1961- Étoiles de Baie-des-Coucous; 6.

PS8553.E295532E3914 2008 jC813'.6 C2007-905728-4

Édition publiée par les Éditions Scholastic, 604, rue King Ouest,
Toronto (Ontario) M5V 1E1 CANADA.

6 5 4 3 2 1 Imprimé au Canada 08 09 10 11 12

Table des matières

Chapitre 1

— Hououououou! fait Raphaël en agrippant l'épaule de Félix, ce qui le fait sursauter. La momie sort de sa tooooombe!

Félix est en train de mettre la touche finale à son travail de sciences humaines : une maquette de sarcophage de l'Égypte ancienne. Le garçon a confectionné une charnière d'un côté du couvercle, avec du ruban à conduits, afin de pouvoir déposer une minuscule momie

en ruban-cache à l'intérieur.

— Hé! est-ce que tu fabriques un sarcopha-a-a-atchoum? badine Raphaël. Si oui, ce pauvre pharaon doit être mort d'une horrible crise d'éternuements!

— Ha, ha, très drôle, répond Félix. Et toi Raphaël, qu'est-ce que tu as fait?

— Une maquette d'Anubis, le dieu des morts à tête de chien, dit Raphaël.

Il montre sa maquette d'argile à Félix; on dirait un croisement entre un caniche et un bain sur pattes.

— Sais-tu, Félix? poursuit Raphaël d'une voix hésitante. Je crois que, pendant qu'on travaille à ces projets sur l'Égypte ancienne, tu devrais te tenir loin de ta pièce de monnaie. D'autant plus que la saison de basket-ball va bientôt commencer.

— Tu as raison, répond Félix en hochant la tête. On ne veut surtout pas d'invasion de momies à Baie-des-Coucous. On perdrait un temps de jeu précieux à essayer de motiver d'anciens morts. Sans compter que je ne me suis pas encore remis de notre prise de bec avec les gladiateurs.

Raphaël frissonne.

— Ouais, on l'a échappé belle!

Les deux amis parlent de la fois où le Colisée romain au grand complet – y compris un empereur fou, des barbares sanguinaires et des lions féroces – s'est échoué à Baie-des-Coucous. Grâce à l'esprit vif de Félix, les garçons ont échappé de justesse à une mort horrible.

C'était la plus récente d'une série d'étranges aventures. Les bizarreries ont commencé le jour où Félix a trouvé une mystérieuse pièce de monnaie à l'aréna. Depuis, il a été kidnappé par des pirates voyageant dans le temps, a été mêlé à un duel à mort que se livraient deux vaillants chevaliers, a été capturé par des Vikings et, enfin, s'est retrouvé coincé au XVe siècle.

Après la dernière aventure, Félix en a eu assez de tous ces dangers auxquels il échappait toujours de justesse. C'est pourquoi la pièce est maintenant cachée dans un tiroir de son bureau. Il n'y touchera plus. Jamais.

De retour à la maison, Félix place le sarcophage sur sa commode, à côté de sa petite momie.

Il s'assoit et admire les objets qu'il a fabriqués; mais il ne peut s'empêcher de penser à la pièce magique.

Chaque fois que quelque chose de

bizarre allait se produire, les faces de la pièce avaient changé. La dernière fois, elle avait aussi pris du volume. Et si elle avait encore changé?

Impossible, se dit Félix. *Rien ne peut lui être arrivé... Ou se pourrait-il que...?* L'estomac de Félix se serre. Si la pièce s'est transformée, il devrait logiquement s'attendre à avoir des ennuis. Ne devrait-il pas vérifier, pour se préparer... au cas où?

Je ne vais pas y toucher, je le jure. Je vais la regarder, c'est tout.

Ne fais pas ça! crie une moitié de son cerveau.

Un petit coup d'œil ne fera pas de mal, murmure l'autre, *pourvu que tu n'y touches pas*.

Félix sent ses pieds l'entraîner vers son bureau. Il regarde sa main ouvrir le tiroir...

À l'intérieur, la pièce brille sur un morceau de velours bleu. Dessus se découpe le profil de l'empereur Zéro, exactement comme dans le souvenir de Félix.

Le garçon pousse un soupir de soulagement. *Rien d'étrange ne va se produire*, se dit-il. La pièce a fini de lui jouer des tours stupides. Tout ça, c'est du passé.

Félix entend un bourdonnement près de son oreille. Un insecte luisant lui tourne autour de la tête. Lorsque le jeune garçon essaie de taper dessus, l'insecte atterrit sur son bureau. Il ressemble exactement à une illustration que Félix a vue dans son livre d'histoire, celle du scarabée égyptien sacré!

Fasciné, Félix observe l'insecte qui reprend son vol et se remet à tournoyer autour de sa tête, puis pique tout droit vers le tiroir ouvert.

L'insecte est suspendu dans les airs, juste au-dessus de la pièce de monnaie...

Soudain, il se laisse tomber... en plein sur le nez pointu de l'empereur! Le scarabée se met à frotter ses pattes sur la pièce. Félix tente de le chasser tandis que, sous ses yeux, le profil de l'empereur semble se dissoudre. Une image du sphinx commence à se dessiner.

— Non! hurle Félix.

C'est alors qu'il entend un bruit derrière lui.

— A-a-a-atchoum!

Félix tressaille, puis se retourne. Une momie couverte de poussière et en proie à une crise d'éternuements est étendue sur son lit!

Chapitre 2

— Esclave! Libère-moi de cette toile! crie la momie. J'étouffe dans cette poussière!

Félix se précipite pour retirer les bandelettes de tissu moisies. Un nuage de poussière s'en échappe.

— Beurk! s'exclame Félix en se frottant la langue pour enlever les résidus de tombe en décomposition. C'est trop dégoûtant!

Lorsque la poussière disparaît, Félix aperçoit un homme de belle allure en

train d'enlever les bandelettes qui entourent ses bras aux muscles bien découpés.

— Qui êtes-vous? lui demande le jeune garçon.

La momie gonfle la poitrine.

— Je suis Toutanthakin, pharaon d'Égypte!

Au cours de ses dernières aventures, Félix a beaucoup appris sur la façon de se comporter avec ces voyageurs du temps. Il s'incline donc en disant :

— Bienvenue à Baie-des-Coucous, Votre Altesse.

Le pharaon étire ses bras et ses jambes, déclenchant une tempête de poussière qui force Félix à se mettre à l'abri. Le visiteur examine la chambre.

— L'au-delà n'est pas du tout comme je l'avais imaginé! As-tu des provisions pour notre voyage? ajoute-t-il. Le Champ des offrandes attend ma radieuse présence.

Félix laisse échapper un soupir. Il déteste devoir annoncer des mauvaises nouvelles à ses visiteurs qui ont voyagé dans le temps.

— Je suis navré, pharaon Toutan, vous n'êtes pas dans l'au-delà, mais à Terre-Neuve.

— Tu mens, garnement! Ces objets que je vois là ne sont-ils pas ceux qui ont été placés dans ma tombe? demande le pharaon en montrant du doigt les artéfacts que Félix a fabriqués à l'école.

— Seulement des maquettes, vous voyez? dit Félix tout en soulevant sa minimomie dont les minuscules jambes se mettent à danser la gigue.

— Tu n'es donc pas un esclave d'Anubis? s'étonne le pharaon.

— Pas du tout. Je suis Félix Michaud, un gars bien ordinaire de Baie-des-Coucous.

— Mais j'étais mort et je me suis réveillé... Cela ne signifie-t-il pas qu'il est temps que j'entreprenne mon voyage dans l'au-delà?

— Je pense que vous avez manqué le bateau, Toutan. Quand à moi, je dois faire un petit voyage - jusqu'au centre communautaire. Il y aura bientôt un tournoi de basket-ball et je dois aller m'entraîner. Je trouverai bien une solution à votre problème à mon retour.

Toutanthakin se caresse le menton en réfléchissant tout haut :

— Ils nous ont dit que notre voyage dans l'au-delà serait parsemé de faux départs. Je dois m'échapper de ce qui m'apparaît comme un cul-de-sac si je veux atteindre le bonheur éternel! Mais comment?

Le pharaon pianote sur la table de

chevet, puis son visage s'illumine.

— Ah! ah! ce jeu que tu appelles basket-ball est le défi qu'Anubis a placé sur mon chemin! Je dois gagner pour poursuivre mon voyage!

Félix soupire encore une fois. Il sait quand il a perdu. Il a déjà été confronté à des voyageurs du temps au tempérament autoritaire.

Chapitre 3

Félix lace ses chaussures sur le perron quand Simon Sanscœur, sur son vélo, fonce dans l'entrée.

Les deux garçons, qui ont déjà été des ennemis jurés, ont tout récemment conclu une trêve encore fragile.

— Tu ne devineras jamais ce qui vient d'arriver! lance Simon d'une voix étranglée.

Félix ne l'a jamais vu aussi mal en point.

— Voyons voir… Tu as trouvé une momie dans ton lit? demande-t-il.

— Non… pas une momie. Une fille. Et pas dans mon lit. Dans un tapis. Et pas vraiment une fille, mais une dame, dit Simon dont le visage est devenu rouge comme une tomate.

Félix ne peut s'empêcher de pouffer de rire. Il aime bien voir Simon Sanscœur dans pareil état, lui qui fait habituellement le grand seigneur.

Un souvenir surgit dans l'esprit de Félix. Il a déjà entendu une histoire à propos d'une reine dans un tapis.

— Est-ce qu'elle t'a dit son nom? demande-t-il.

— Ouais, quelque chose de bizarre, comme Cléo Pâtes.

— Cléopâtre, la reine du Nil? lâche Félix, les yeux écarquillés.

Simon hoche la tête. Son visage est maintenant couleur de tomate très, très mûre.

— J'ai moi-même un visiteur...

poussiéreux, grogne Félix en pointant le doigt vers le pharaon enveloppé d'un nuage vaporeux, comme un pissenlit perdant ses akènes.

— Elle n'arrête pas de dire qu'elle veut faire de moi son époux, se lamente Simon. Ça me donne la chair de poule! Je déteste avoir à l'admettre... mais, Félix, j'ai besoin de ton aide!

— Oh, vraiment?

Félix croise les bras. Il ne fait toujours pas confiance à Simon... pas complètement en tout cas.

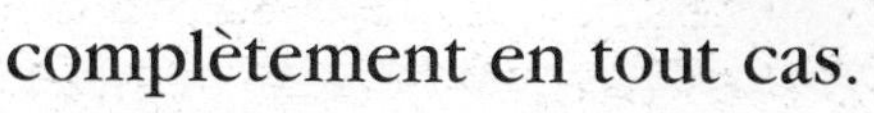

— Alors où est-elle? demande-t-il.

— Elle voulait prendre un bain et n'arrêtait pas de réclamer une baignoire remplie de lait d'ânesse. Je lui ai dit qu'on n'en avait pas vraiment par ici, mais qu'elle pouvait utiliser les bombes de bain puantes de ma sœur. Quand nous sommes allés dans la chambre de ma sœur pour en chercher une, Cléopâtre a vu tout le maquillage et les vêtements. Elle est devenue gaga. Il faut que je me débarrasse d'elle, Félix! Elle me rend fou! Et si ma sœur se rend compte que j'ai laissé Cléo toucher à ses choses, elle va me tuer!

— Je vais y réfléchir pendant l'entraînement, dit Félix. Pourquoi n'emmènes-tu pas Cléo au terrain de basket-ball? Dis-lui que c'est une cour royale ou quelque chose du genre.

Chapitre 4

— Donne-moi ce ballon! ordonne Toutanthakin.

Ignorant l'ordre, Audrey Bourgeois effectue un tir de la ligne de lancer-franc.

— Ouiiii! s'exclame-t-elle au moment où le ballon s'engouffre dans le filet.

Le pharaon s'approche d'Audrey d'un pas lourd et tire sur sa queue de cheval.

— Je t'ai dit de me donner le ballon, esclave!

— Eh! laissez ma joueuse tranquille!

lance Brigitte Mota, la capitaine des Étoiles, l'équipe de basket-ball de Baie-des-Coucous.

Elle lance un regard furieux au pharaon.

— Si vous voulez faire un lancer, attrapez les rebonds, comme tout le monde!

Pendant ce temps, Félix s'exerce à faire un lancer en foulée. Il est sur le point de saisir un rebond quand le pharaon se rue vers lui et s'empare du ballon.

— Il est à moi, déclare Toutanthakin. Et maintenant, qu'est-ce que je fais?

Félix montre au pharaon comment dribbler. Il s'avère que Toutanthakin manie très bien le ballon. Mais il ne sait pas du tout comment feinter lorsqu'il parcourt le terrain d'un bout à l'autre. Résultat : les autres joueurs tombent comme des quilles.

Félix se démène pour expliquer les jeux de pieds au pharaon, quand, tout à coup, il se rend compte que le gymnase est anormalement calme. Il se retourne pour voir ce qui se passe.

Simon vient d'arriver. On dirait qu'il

est dans ses petits souliers. À son bras, Cléopâtre arbore un t-shirt des Étoiles orné du slogan *Les filles font la loi* inscrit en paillettes dans le dos. Elle a enroulé une écharpe sur son short et porte des chaussures de sport violettes. Une coiffe scintillante surmonte sa chevelure de jais.

— Votre reine est arrivée! clame Cléopâtre d'une voix rauque.

Toutanthakin laisse tomber le ballon et se dirige à grandes enjambées vers la reine.

— Je suis subjugué par ta beauté, déclare-t-il en s'inclinant très bas.

— Tu n'es pas mal non plus, mon chou, répond Cléopâtre en clignant des yeux.

Puis elle présente sa main au pharaon pour qu'il la baise.

— À qui ai-je l'honneur? demande-t-elle.

— Je suis Toutanthakin, pharaon d'Égypte.

Cléopâtre retire sa main d'un geste brusque.

— Tu… Tu es… un chacal! lance-t-elle d'une voix sifflante. Comment oses-tu réclamer mon trône! C'est mon frère qui t'envoie? Ou est-ce ce diabolique Octave? Même dans l'au-delà, je suis assaillie par des ennemis! fulmine-t-elle.

— Qu'est-ce qu'elle a? demande le pharaon à Félix.

— C'est Cléopâtre - aussi appelée reine d'Égypte, réplique Félix.

— Et royalement détestable, comme toutes les filles, grommelle Simon.

— Hé! riposte Laurie.

Félix pose la main sur le bras de la jeune fille pour l'empêcher de poursuivre tandis que Toutanthakin - maintenant rouge de colère - déclare d'une voix étranglée :

— Elle ose se proclamer reine de *mon* Empire? Quelle effronterie! Quelle insolence! Attachez-la à un poteau dans le désert et laissez le sable la dévorer!

— Du calme! s'exclame Félix. Il n'y a pas de sables dévorants ici, à Baie-des-Coucous. Il va falloir que vous vous en passiez pour régler votre dispute. Vous voulez jouer une partie de PANIER?

— Panier? Qu'est-ce que c'est? demande le pharaon.

— C'est très simple : vous faites des paniers à tour de rôle. Le premier joueur effectue un lancer; plus il est difficile, mieux c'est. L'autre joueur doit copier le lancer. S'il manque son coup, il obtient une lettre. Le premier joueur qui récolte les six lettres du mot P-A-N-I-E-R ou du mot É-G-Y-P-T-E, si vous préférez, perd.

— Qu'est-ce qui se passe si le premier joueur ne marque pas? demande Toutanthakin.

— Si le premier joueur rate son coup, mais que le deuxième réussit un panier, c'est le premier joueur qui obtient une lettre. Et, au tour suivant, c'est le deuxième joueur qui lance en premier. Compris?

Le pharaon acquiesce d'un signe de tête.

— Vous allez l'écraser, Toutan, lâche Simon, ce n'est qu'une fille.

Laurie se hérisse. Cléopâtre aussi. Elles lancent toutes deux un regard furibond à Simon.

— Es-tu en train de dire que ce pseudo-pharaon à tête de furet pourrait me battre dans une épreuve sportive? Moi, une diplomate née qui parle neuf langues, moi, la meilleure athlète de l'école secondaire de filles, à Thèbes? mugit Cléopâtre.

— Ouais, dit Simon, avec un air renfrogné.

— Montrez-lui que ce sont les filles qui font *vraiment* la loi, Cléo! lance Laurie en foudroyant Simon du regard.

— C'est ce que vous croyez, rétorque Simon avec un petit rire.

Félix les interrompt :

— Arrêtez! C'est *leur* problème, pas le nôtre. Ne nous en mêlons pas.

— Dis donc, qu'est-ce que tu fais avec Sanscœur, Félix? demande Laurie, pendant que Cléo et Toutanthakin se dirigent au pas de course vers le centre du terrain. Je croyais que tu savais choisir tes amis mieux que ça!

Puis elle lui tourne le dos sans lui

laisser le temps de répliquer.

Le pharaon offre gracieusement à Cléopâtre de faire le premier tir.

La reine envoie des baisers aux spectateurs, puis serre les lèvres en un pli sévère. Elle fait rebondir le ballon quelques fois, puis, d'une poussée vigoureuse de la poitrine, le projette vers le panier. Tir réussi!

La foule clame son enthousiasme. Cléopâtre bat des cils et fait une révérence.

— Qu'est-ce que j'avais dit? laisse tomber Laurie en regardant Simon.

C'est au tour du pharaon d'effectuer le même lancer.

— Râ est avec moi! hurle-t-il.

Il lance le ballon, qui décrit un arc avant de s'écraser sur l'anneau. Pendant une seconde, le ballon reste là, puis rentre finalement dans le panier. C'est l'égalité.

— Tu as vu ça? lance Simon à Laurie.

— Tu as eu de la chance, déclare Cléopâtre à son adversaire. Mais je doute que même Râ puisse t'aider pour le prochain lancer.

Elle saute en l'air comme si elle avait des ressorts aux pieds et fait entrer le ballon d'un coup. Panier!

— Oh! cette fille peut sauter vraiment haut! dit Brigitte en se glissant près de Laurie.

— Et comment! approuve Laurie en lançant un regard de travers à Simon, quoi qu'en disent certaines personnes.

C'est au tour de Toutanthakin. Il fait un saut... incroyablement haut, mais lorsqu'il lance le ballon, ce dernier frappe l'anneau et rebondit hors du panier. Le pharaon récolte sa première lettre!

Cléopâtre sourit.

— Tu as un É, et moi, j'ai l'Égypte...

Puis elle exécute un tir rapide du coin.

— C'est vrai qu'elle est *excellente*, fait observer Félix à Simon.

— Seulement parce que nous avons joué quelques parties à un contre un avant de venir ici. Je lui ai appris des trucs. Elle avait besoin des conseils d'un homme, ajoute Simon en fixant Laurie. Elle n'est pas encore une joueuse étoile, par contre. Et comme la plupart des filles, c'est une mauvaise perdante.

— Contrairement à la plupart des gars

qui sont des perdants tout court, rétorque Laurie.

Félix secoue simplement la tête. Il sent que la marmite va déborder. Laurie compte parmi ses meilleurs amis, mais Félix, après tout, est aussi un garçon... et il a sa fierté.

Sur le terrain, Toutanthakin tente d'imiter le tir en coin de Cléopâtre, mais il rate son coup. Il traîne maintenant de l'arrière : É-G à rien.

Cette fois, la reine, très sûre d'elle, tente un smash à deux mains. Le ballon rebondit. Raté!

Toutanthakin a maintenant la chance de se rattraper. Il prend son élan, s'envole et fait un panier! É pour Cléo!

— Ça, c'est du talent! s'enthousiasme Simon en brandissant son poing.

C'est maintenant le pharaon qui va

tirer en premier. Il choisit un coup difficile de derrière la ligne des trois points. Au début, on jurerait que le ballon va s'écarter de sa cible. Mais voilà qu'il change de direction, heurte le panneau et entre dans le filet en tournant sur lui-même.

— Avez-vous vu comment il a fait tourner le ballon? s'écrie Simon en tapant des mains. Incroyable!

— Incroyable est le bon mot, réplique Cléo en plissant les yeux. Il a triché!

— Triché? s'étrangle le pharaon. Comment peux-tu...

— Tu n'es qu'un charlatan, renchérit Cléopâtre d'une voix sifflante.

— Tss, tss, tss! C'est impoli d'insulter les gens, la réprimande

Toutanthakin. Surveille ton langage, sinon je vais te rincer la bouche dans le Nil.

— Tu es un tricheur, répète Cléo en serrant les dents. Donne-moi le ballon, sinon mon armée va l'arracher de tes petits bras maigrelets.

Le pharaon se met à rire :

— Ton armée? As-tu oublié que nous ne sommes plus en Égypte?

— Non, je n'ai pas oublié. Et toi, tu ne sais peut-être pas qu'une femme comme moi peut toujours se constituer une armée, déclare Cléopâtre en enfonçant son doigt dans la poitrine du pharaon. Je te lance un autre défi : mon armée va jouer une partie de basket-ball contre la tienne.

— Marché conclu. Demain, même heure, même endroit. Prépare-toi à affronter mon courroux, Reinette.

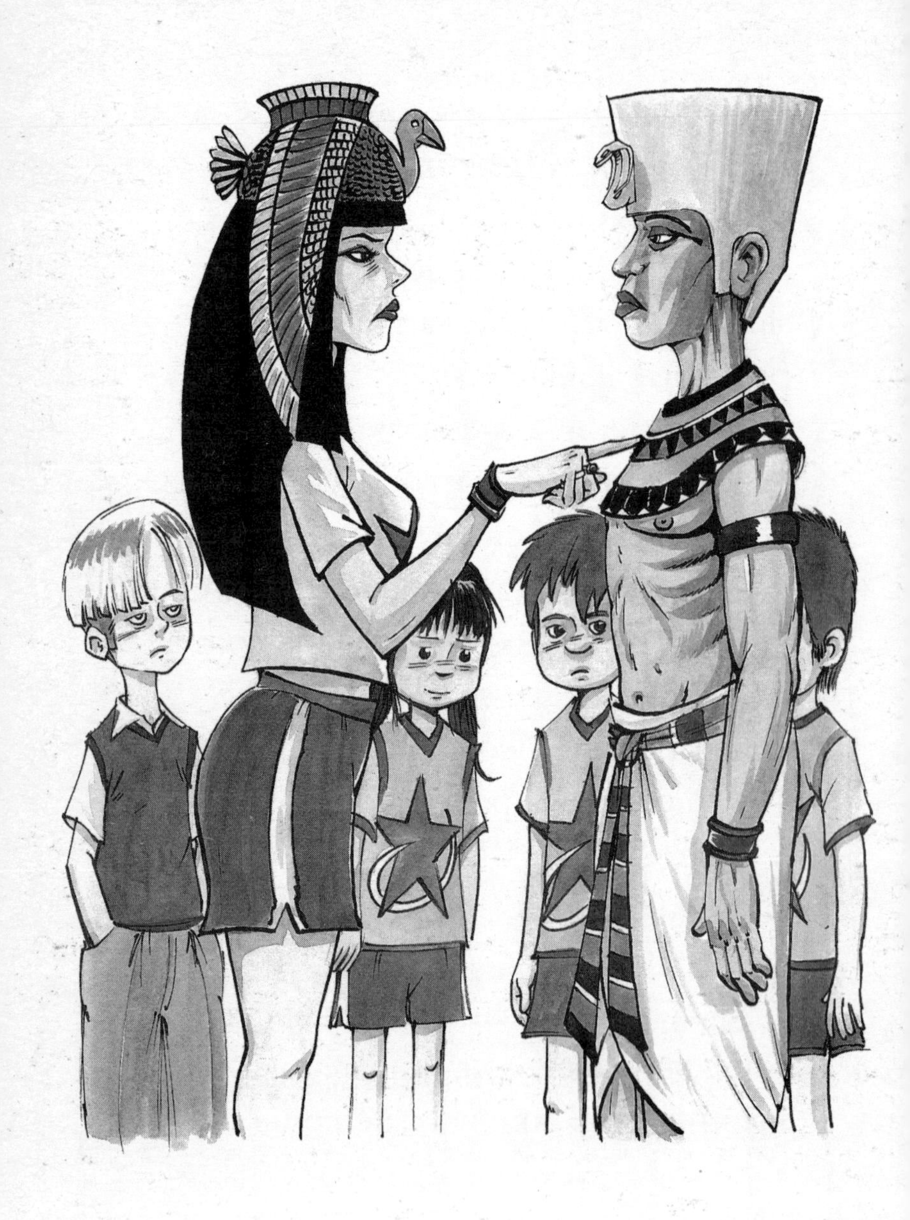

Chapitre 5

Le lendemain, dès qu'il le peut, Félix se précipite au gymnase. La plupart des autres joueurs sont déjà arrivés et s'échauffent sur le terrain en vue du match.

— Tu n'as pas vu Cléopâtre? demande Simon en passant le ballon à Félix.

— Non. Le pharaon Toutan non plus, d'ailleurs.

Une lueur d'espoir apparaît dans les yeux de Raphaël.

— Ils ont peut-être été ramenés dans leur époque! s'exclame-t-il.

— Ne compte pas là-dessus, rétorque Félix.

Soudain, il y a de l'agitation aux portes, du côté sud du gymnase.

— Râ, Râ, zim boum RÂ!

Trois meneuses de claque dévalent les

marches du gymnase en agitant des pompons violets et verts. Un instant plus tard, Cléopâtre fait son entrée, resplendissante dans son ensemble de basket-ball pailleté violet et vert.

Avec majesté et autorité, elle lève un bras. Les meneuses de claque scandent :

Un, deux, trois, quatre
Les Vipères de Cléo vont se battre!
Rouge, bleu, or, vert
Victoire à la reine des Vipères!

Tout à coup, Félix entend un rugissement terrifiant qui fait presque trembler tous les chevrons du gymnase.

Ce sont les pirates! Épées en l'air, ils entrent en marchant au pas, telle une armée, et en poussant des cris effroyables; ils sont suivis d'un groupe de motards du Motel Untel qui descendent l'escalier sur leurs motos! Tout en faisant rugir leurs moteurs, les motards vont former une phalange sur le terrain de basket-ball.

— Oh là là! elle ne blaguait pas! laisse échapper Félix dans un souffle. Elle a vraiment constitué une armée.

Une seconde plus tard, un autre grondement envahit le gymnase.

Tous se retournent et aperçoivent le pharaon Toutanthakin debout à l'autre extrémité du gymnase. Coiffé d'un casque doré et vêtu d'une jupe de cuir, il est, lui aussi, entouré d'une armée composée, celle-ci, de Vikings et de momies! Les momies, qui agitent les bras et les jambes comme s'il s'agissait d'armes, ont l'air redoutable et dégagent une odeur bien pire encore.

— Dégoûtant, grogne Laurie qui en a presque un haut-le-cœur.

— Génial... murmure Simon.

Pas bon du tout... se dit Félix.

Le pharaon descend les marches et parade jusqu'au centre du terrain. Cléopâtre, qui brille de mille feux, traverse le gymnase avec grâce pour venir à sa rencontre.

— Pour l'Égypte, déclare-t-elle.

— Et Terre-Neuve, ajoute le pharaon.

— Afin de m'assurer que tu vas jouer franc jeu cette fois, mon petit Toutan, j'ai décidé de prendre des otages, annonce Cléopâtre.

Elle claque des doigts. Aussitôt, deux filles en moto se ruent à ses côtés. Cléopâtre relève le menton brusquement et, avant que Félix ait le temps de faire quoi que ce soit, il se retrouve immobilisé ainsi que Simon par une clé de bras!

— Eh! lâchez-moi! hurle Simon en se

débattant vigoureusement.

Cléopâtre sourit et lui souffle un baiser :

— Ne t'en fais pas, petit. Tu ne cours aucun risque… si mon équipe gagne.

Toutanthakin se racle la gorge :

— C'est ce que tu veux? Très bien. Alors je vais aussi prendre des otages.

Il soulève un bâton dont l'extrémité est ornée d'une tête de chien en cuivre. Immédiatement, 10 momies entourent

Laurie et Brigitte. En quelques instants, les deux filles sont fermement attachées à leurs ravisseurs par des bandelettes en toile.

— Vous ne pouvez pas faire ça! s'offusque Félix. Nous sommes au Canada!

— Bien sûr que nous le pouvons, à

moins que vous, les jeunes, n'ayez votre propre armée, réplique Cléo avec un sourire narquois.

Félix réfléchit vite.

— Vous avez dit que « les filles font la loi ». Eh bien, prendre des otages, ce n'est pas ce que ferait un grand dirigeant. Un vrai chef nous donnerait une chance de nous en sortir.

— Alors que proposes-tu, p'tit gars? demande Cléopâtre.

Les oreilles de Félix s'empourprent, mais il parvient à garder son sang froid.

— Pourquoi ne pas nous laisser jouer dans vos équipes? Après tout, vos armées ne connaissent pas grand-chose au basket-ball. Nous, au moins, nous savons jouer.

Cléo l'examine de la tête aux pieds.

— D'accord. Je vais prendre ces deux

filles-là dans mon équipe, dit-elle en montrant du doigt Brigitte et Laurie.

Elle plisse les yeux et fixe le pharaon. Il lui fait une courbette moqueuse, puis ordonne à ses momies de libérer les filles.

Cléopâtre claque des doigts. Les deux filles à moto relâchent Félix et Simon.

— Vous pouvez jouer pour Sa Majesté Toutinou, dit la reine aux garçons.

Puis elle se tourne vers Laurie.

— Rassemble tes copines, ordonne-t-elle. Elles peuvent toutes se joindre à mon équipe. Mais je ne tolérerai aucune erreur; gagnez la partie sinon les garçons vont quitter ce monde, conclut-elle en désignant Félix et Simon du menton.

La gorge serrée, Laurie hoche la tête.

Elle est angoissée mais lance un regard de défi à Simon.

Toutanthakin pointe un doigt vers Félix.

— Tu peux aussi appeler tes copains, si tu crois qu'ils peuvent nous être utiles.

— Moi, je suis des vôtres, annonce Raphaël en faisant un pas en avant. Les amis doivent se serrer les coudes.

— Nous jouons pour l'Égypte… et pour vos vies, déclare le pharaon en faisant un geste majestueux de la main. Allons-y!

Chapitre 6

— Allez vous échauffer sur le terrain! ordonne le pharaon à son équipe. On ne m'ouvrira pas les portes du paradis tant que vous n'aurez pas vaincu ces Vipères!

Pendant que les deux équipes tentent quelques exercices, la situation se détériore dans les gradins. Les pirates, dans la zone de Cléo, lancent des capsules de bouteilles aux Vikings de l'autre côté. Les Vikings ripostent en projetant des sacs de croustilles chiffonnés en boule et en criant :

— Bouh! Cléo! Bouh pour les pirates de Cléo!

Félix, le joueur de centre de l'équipe, fait face à Laurie pour l'entre-deux.

Laurie se penche en avant :

— Qu'est-ce qu'on va faire, Félix? demande-t-elle. Il va y avoir une guerre à Baie-des-Coucous si tu ne te débarrasses pas de Cléo et de Toutan au plus vite!

— Je ne sais pas encore... réplique Félix.

— Qu'importe qui gagne, certains d'entre nous vont...

La voix de Laurie s'étrangle et elle détourne le regard. Félix hoche la tête.

— Nous ne pouvons pas laisser faire ça. Je te propose un marché, Laurie : si notre équipe gagne cette partie...

— Tu veux dire quand notre équipe va gagner cette partie, l'interrompt Simon posté à la limite de la zone restrictive.

Le visage de Laurie se pétrifie. Elle lance un regard furieux à Simon, puis à Félix.

— Vous, les gars, vous vous croyez formidables dans tout. Eh bien, j'ai des petites nouvelles pour vous : les filles sont aussi bonnes que les gars, dans tout. Et nous sommes même meilleures au basket-ball.

Félix sent qu'il va se mettre en colère. Et Laurie qui n'arrête pas :

— Nous sommes aussi plus loyales! À

moins que tu ne penses que rester collé à ton nouvel ami Simon est un signe de loyauté. Merci beaucoup, Félix. Je croyais que tu étais un vrai ami… même si tu es un gars.

Félix est de plus en plus fâché. Pourquoi faut-il qu'elle déverse toutes ses émotions sur *lui*? Ce n'est pas sa faute à *lui* si Simon a la langue bien pendue. Et il n'aime pas non plus qu'on l'insulte parce qu'il est un garçon. En vérité, il est content d'être un garçon. *Fier* même.

— Il ne s'agit pas de Simon, ni de loyauté, ni de prouver qui sont les meilleurs, dit-il en essayant de ne pas s'emporter. Il s'agit de rester en vie! Si nous gagnons…

Mais à ce moment-là, l'arbitre lance le

ballon. Laurie le frappe et le passe à
Brigitte, au-dessus de la tête de Félix.
Brigitte, en quatre grandes enjambées,

atteint le bout de la zone restrictive, vise et tire. Panier! Quatre secondes après le début du match, les Vipères de Cléopâtre mènent déjà 2 à 0.

Chapitre 7

À la mi-temps, le pointage est : Vipères 40, Momies 30. Exténué, Félix se laisse choir sur le banc des joueurs. Pour se rafraîchir, il s'asperge la tête d'eau.

— Eh! attention avec ça! Ça me rend toute gluante! se lamente une des momies.

— Où avez-vous trouvé ces bouffons? demande Félix à Toutanthakin.

— Il ne faut pas sous-estimer un pharaon, se rengorge Toutanthakin. On ne sait jamais ce qu'il peut faire ressusciter, surtout avec un peu de magie pharaonique, ajoute-t-il en tapotant la bourse qui pend à son côté.

Félix plisse les yeux.

— Se pourrait-il que vous ayez une pièce magique là-dedans? demande-t-il.

— Une pièce? Quelle pièce? répond Toutan, le regard fuyant, en agrippant la bourse.

Félix fixe le pharaon. Si Toutanthakin a *bel et bien* une pièce magique, se pourrait-il qu'elle ait fait surgir des momies, tout comme la sienne a fait apparaître le pharaon?

Et si la pièce du pharaon et celle de Félix « se rencontraient »? Elles pourraient peut-être fusionner, comme c'est déjà arrivé lorsque la pièce de Félix et celle d'un marchand d'esclaves romains se sont soudées pour n'en faire qu'une.

Et si jamais cela se produisait, la nouvelle pièce pourrait peut-être ramener le pharaon d'où il vient, comme cela s'est passé avec le Colisée?

Et Cléo? Possède-t-elle une pièce de monnaie qui pourrait aussi accomplir de tels miracles?

Pour Félix, il n'y a qu'une seule façon de le savoir.

Il tire sur le maillot de Simon :

— Sais-tu si Cléo a de l'argent sur elle?

Simon réfléchit quelques instants :

— Hier, elle portait un foulard avec des

pièces de monnaie tout autour de l'ourlet.

— Ah! va voir si elle l'a apporté. J'ai une idée...

— Je vais essayer, répond Simon, mais je ne crois pas que les filles apprécieront que je fouine autour de leur banc.

— Sans blague! Mais qu'est-ce qui t'a pris de pousser Laurie à bout comme ça?

Simon a soudain l'air penaud :

— J'en ai juste assez que les filles me mènent par le bout du nez. J'en endure déjà beaucoup à la maison. Et voilà Cléopâtre qui apparaît et veut tout régenter, moi inclus. J'en ai assez du pouvoir des filles. C'est au tour des gars d'avoir du pouvoir, tu ne penses pas?

Félix secoue la tête :

— Je suis pour le pouvoir de chacun. Bon, je vais chercher ma pièce de monnaie. De retour en un clin d'œil de pharaon. Penses-tu que tu peux veiller au calme pendant mon absence?

Chapitre 8

L'arbitre siffle pour annoncer le début de la seconde période. Dans le gymnase, le bruit est tellement assourdissant que c'est à peine si on peut entendre le coup de sifflet.

Dans le cercle central, Toutanthakin et Cléopâtre sont nez à nez. L'arbitre fait la mise en jeu.

Cléo bondit et s'empare du ballon; avant même d'atterrir sur ses pieds, elle l'expédie à Brigitte.

Brigitte fait une passe de la poitrine à Cléo.

La reine est surveillée par une momie qui semble sur le point de tomber en morceaux. Mais même sans coudes, la momie ne laisse pas à Cléo les coudées franches. La reine, qui se retrouve

coincée, finit par lancer un cri de frustration. Elle écrase le pied d'une des momies, tout en la poussant. La jambe de la momie se détache de son corps.

— Prends ça, momie moisie, grogne-t-elle.

Les Vikings rugissent :

— Faute! Faute!

— Vous n'êtes qu'une bande de gros bébés! leur répondent les pirates sur le même ton.

L'arbitre donne un coup de sifflet. La momie lance sa jambe arrachée à Cléo, puis se rend en sautillant à la ligne de lancer franc pour exécuter ses tirs. Elle réussit les deux.

Le pointage est égal!

Cléo dévale le terrain avec le ballon. En faisant des feintes, elle contourne les momies de Toutanthakin aussi facilement que s'il s'agissait de corps morts. Elle arrive sous le panier, saute et propulse le ballon… RATÉ! La foule est en délire.

Toutanthakin attrape le rebond et passe le ballon à une momie, au centre. Raphaël fend les rangs de l'équipe adverse pour foncer sous le filet. La momie lui fait une passe... et il réussit le panier. Les Momies du pharaon viennent de prendre la tête!

C'est maintenant Cléo qui a le ballon. Elle lève trois doigts pour indiquer le prochain jeu à son équipe, puis expédie promptement le ballon à Laurie, qui est parfaitement placée dans le coin. Panier!

Les yeux de Toutanthakin lancent des éclairs. Le pharaon plie les genoux et se met à dribbler très près du sol en passant le ballon de gauche à droite et de droite à gauche…

Il s'élance en direction du panier. Il tente un lancer par-dessus Audrey, mais la jeune fille arrête le ballon d'une main. Bloqué!

Cléopâtre s'en empare, mais la momie unijambiste commet immédiatement une faute.

Sur la ligne de lancer-franc, Cléopâtre inspire profondément. Si elle réussit son lancer, son équipe prendra la tête… Juste

au moment où elle lève les yeux, son regard rencontre celui de Toutanthakin.

Quelques secondes plus tard, Félix franchit à la hâte les portes du gymnase, sa pièce de monnaie en main. Il a fait l'aller-retour en vitesse, et il est en sueur et essoufflé, mais cela ne l'empêche pas de remarquer qu'il se passe quelque chose de bizarre sur le terrain.

Toutan regarde fixement Cléo, comme un adolescent amoureux. Cléo, sur la ligne de lancer-franc, continue à taper sur le ballon tout en faisant les yeux doux au pharaon.

La foule commence à s'impatienter. Félix entend un Viking crier :

— Alors, tu le lances ton ballon, *ja*?

— Qu'est-ce que j'ai manqué? demande Félix à Simon d'une voix essouflée.

— Le foulard de Cléopâtre est sur le banc des filles, répond Simon. Et pendant que tu étais parti, on dirait que Cléo et Toutan sont tombés amoureux.

— Tu blagues?

— Non, répond Simon. Regarde-les.

Le pharaon exhibe ses muscles devant Cléo, qui glousse en secouant sa chevelure.

— Je pense que je vais vomir, dit Félix.

— On va être deux alors, réplique Simon.

— Je croyais qu'ils étaient trop occupés à se détester et à se battre pour la conquête du monde, observe Félix.

Comment se peut-il qu'ils soient tout à coup tombés amoureux?

— Il n'y a rien à comprendre, les adultes sont illogiques, dit Raphaël en secouant la tête. D'ailleurs, est-ce qu'il y a quelque chose de logique ici, à Baie-des-Coucous? ajoute-t-il dans un éclat de rire.

Félix se met à rire à son tour :

— J'imagine que non. En tout cas, pas depuis que cette pièce de monnaie est apparue.

Félix examine la pièce dans sa main puis regarde Cléopâtre et Toutanthakin qui ne se sont pas lâchés des yeux. On dirait un vrai couple de tourtereaux.

C'est alors que le garçon a une idée brillante. Il saisit le sifflet de l'arbitre et souffle dedans de toutes ses forces.

— La partie est terminée! crie-t-il à pleins poumons. Match nul!

Cléopâtre ne discute pas. Elle abandonne le ballon et va rejoindre le pharaon en se pavanant. Toutanthakin prend sa main et la porte à ses lèvres.

— Viens avec moi au Champ des offrandes, dit-il.

— Bien sûr, mon chéri, réplique Cléopâtre, mais seulement si tu me promets de porter cette adorable jupe et ton casque. Tu es tellement mignon comme ça.

Main dans la main, Cléopâtre et le pharaon se dirigent vers les portes du gymnase.

— Attendez! s'écrie Félix en courant

derrière eux. Vous avez oublié de payer pour la location du terrain!

— De quoi parle-t-il? murmure Simon à Raphaël. Il n'y a pas de frais pour ce terrain.

Raphaël le fait taire :

— Je ne sais pas ce qu'il a en tête, mais ça devrait fonctionner. Quand Félix a une idée, il faut le laisser faire.

— Vous avez de l'argent sur vous? demande Félix. Vous devez payer votre partie, ajoute-t-il en montrant sa pièce de monnaie.

— Euh... bien sûr, répond le pharaon en plongeant la main dans sa bourse pour en tirer une pièce d'or ternie sur laquelle est gravée une croix égyptienne. Est-ce assez?

Félix sent que sa propre pièce se met à vibrer entre ses doigts.

— C'est parfait. Et vous, Cléo?

Cléopâtre claque des doigts. Un pirate s'empare du foulard sur le banc et le lui tend en se prosternant. Félix sent sa pièce vibrer de nouveau.

Cléo retire trois petites pièces de l'ourlet du foulard... *ZING!!!* Les pièces filent dans les airs pour aller se poser sur la paume moite de Félix, bientôt suivies par celle du pharaon.

Tous, dans le gymnase, ouvrent de grands yeux étonnés.

Félix retient son souffle.

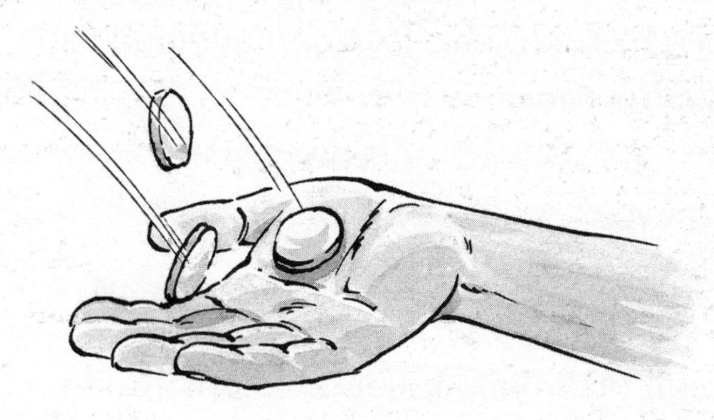

Les pièces commencent à se souder tandis qu'il supplie en silence : *Faites que ça marche!*

Toutanthakin lève la tête.

— Je crois que la porte s'ouvre. Oui... je vois notre chemin maintenant! Anubis nous appelle! Cléo! Viens avec moi, mon amour!

— Bien sûr... si tu reconnais que je suis la reine d'Égypte! réplique-t-elle avec un clin d'œil.

— Alors là... s'étrangle Toutan.

L'air se met à vibrer. Cléo et Toutan semblent devenir flous; on dirait qu'ils s'évaporent.

— Au revoir! lance le pharaon. Nous pouvons maintenant apercevoir le Champ des offrandes!

— Merci pour les leçons de basket-ball, mon petit Simon, ajoute Cléopâtre. On se reverra dans quelques annéééééééées!...

Puis Cléopâtre et le pharaon Toutanthakin disparaissent. *POP!*

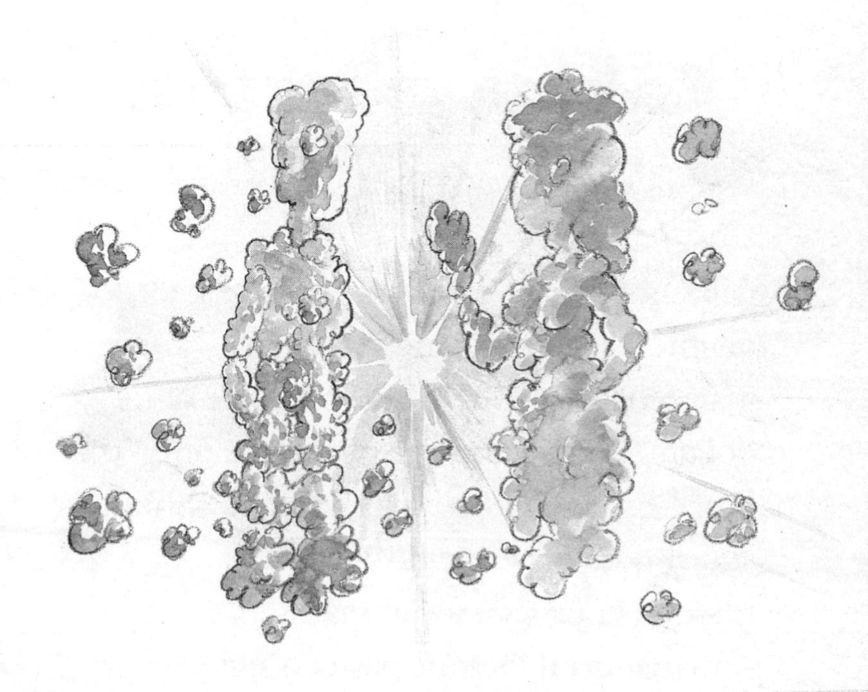

Chapitre 9

Félix observe la pièce magique. Elle a encore pris du volume et atteint maintenant la taille d'une pièce de deux dollars. Une des faces est ornée d'une croix égyptienne et, sur l'autre, le sphinx sourit d'un air espiègle. En fait, il ressemble un peu à Cléopâtre.

— Hourra! ils sont partis! s'écrie Raphaël. Voilà un problème de réglé. Il t'en reste deux à résoudre, Félix.

— Deux? Qu'est-ce que tu veux dire?

demande Félix.

— Premièrement, il faut que tu fasses quelque chose pour elles.

Félix regarde dans la direction que lui indique Raphaël. Dix momies, à divers stades de décomposition, sont assises sur le terrain de basket-ball.

— Hein? fait Félix en secouant la tête comme s'il essayait de se dépêtrer d'une toile d'araignée.

Pourquoi les momies ne sont-elles pas parties avec Cléo et Toutan?

— Voilà le problème numéro deux, poursuit Raphaël en désignant Laurie. La fumée lui sort toujours par les oreilles.

— Je pense que je lui ai dit des choses stupides, déclare Simon, mal à l'aise.

Laurie s'approche en martelant le sol de ses pieds.

— Oui, en effet, renchérit-elle.

Puis se tournant vers Félix, elle poursuit :

— Mais j'ai peut-être dit des choses stupides, moi aussi. Je suis désolée, Félix... Elle baisse les yeux et ajoute : Et toutes mes excuses à toi, Simon.

— Je suis... enfin, tu sais... bafouille Simon.

— Oublions tout ça, dit Félix en se retournant pour enlever une poussière de son œil.

— Moi aussi, ajoute Simon.

— Allez, embrassez-vous et réconciliez-vous, comme Cléo et Toutan, les taquine Raphaël.

—Oh, ça va, Raphaël! lancent Laurie, Simon et Félix en chœur.

Laurie éclate de rire.

— Nous, les filles, avons décidé de vous mettre au défi dans un match… de bonne guerre. Pas de momies, ni de pirates, rien de bizarre. Ça vous dit?

— C'est le genre de défi que j'aime! s'exclame Félix avec un large sourire. Une vraie belle partie entre équipes de force égale et amies. N'est-ce pas, les gars?

Il enfonce son coude dans les côtes de Simon.

— Euh… d'accord.

— On va s'amuser comme des fous! dit Raphaël en tapant dans la main d'Audrey.

— Mais qu'est-ce qu'on va faire avec eux? demande Brigitte en montrant du doigt les momies.

— Je viens justement d'avoir une autre idée, annonce Félix.